손끝으로 원을 그려봐
네가 그릴 수 있는 한 크게
그걸 뺀 만큼
널 사랑해

손끝으로 원을 그려봐

네가 그릴 수 있는 한 크게 ─

원태연 시집

─ 그걸 뺀 만큼 널 사랑해

자음과모음

_ intro

더 마시면 안 된다는 걸 알면서도
계속 밀어 넣었다
4분도 채 안 되는 노래 한 곡에
미친놈처럼 흔들거리는 나를
부서트려버리고 싶었다
아니, 눈물에만 보탬이 되는
잊으려면 잊을 수도 있으나
차마 아까워 그러하지 못하는 그 기억들을
부수고 싶었는지도 모른다
짜증 나는 일을 하다가도 그 애 생각을 하다 보면
벌써 그 일이 끝났었고
언제 어디서건 즐거웠던 일들을 생각하며
혼자 웃기도 많이 웃었고
집 전화벨을 두 번 이상 울리게 놔두질 않았고

쇼윈도 예쁜 옷을 보면 입혀주고 싶기도 했었고

평범한 행동에도 왠지 특별히 느껴졌었고

나갔다 들어오면 다녀왔습니다보다

전화 온 거 없었어가 먼저 나왔고

생일이나 의미 있는 날이면

선물 때문에 고민도 많이 됐었고

아주 사소한 일까지 알고 싶어졌었고

시험 기간에도 펜만 들면 그 이름이 써졌고

그 가족이나 좋아하는 사람들에게

질투를 느끼기도 했었고

드라마에서 멋진 행동이나 말이 나오면

못 봤었길 바라며 한번 해봐야지 했었고

만나기로 한 날에는 스포츠 신문 오늘의 운세나

영구차를 찾기도 했었고

그 아이를 만나는 일 외에는
별 흥미를 느끼지 못했었고
아침에 눈을 뜨면
그 얼굴 먼저 생각이 났고
생각을 했었고

술이라도 한잔하는 날이면
몇 년 못 본 놈처럼 보고 싶어 죽을라 그랬었고…
더 예쁘고 더 괜찮은 애들이
눈에 들어오지도 않았었고
적당히 나를 꾸며
특별한 사람으로 보이고 싶어 했었고
섭섭한 행동이나 소리에
별 의미 없이 한 거란 걸 알면서도

친구에게 어떻게 해야 하나 물으며

없는 고민도 만들어 했었고

한 번도 본 적이 없는 그 애의 아버지를

장인어른으로 모시고 싶어 했었고

영어 단어 하나 외울 때도

낑낑대는 놈이

사소한 농담까지 다 기억하고 있었고

어떤 코미디 프로그램보다

둘이 있는 게 더 재미있었고

그랬지

그랬었지

그러곤 안녕이었지

준비할 틈도 없이

추억이 되어버렸지

밀어 넣었던 것만큼 도로 뱉어내고

한숨 한 번 쉬고

담배 하나 물고

비틀거리며

사람들 틈 속으로 끼어들었다

지금 스치는 사람들처럼

이젠 아무런 상관도 없어진

너를 떠올리며

어디로 가는지도 모르는 채

밀리듯 걷고 있다

내일이면

아니 내일까지도 필요 없이

술이 깨면서부터 현실로 돌아오겠지

난 계속 보상받을 수 없는 그리움을 술로 달래고

넌 그런 나를 가끔씩은 떠올리며

살아가겠지

그러다 보면

그렇게 살아가다 보면

우리 얘길

잊고 살 날이 올 거야

언젠가 우리 얘긴

아무도 모르는 일이 되고

그러곤 정말로

…안녕이겠지

커다란 농토의 지주는 소작농을 두 명 불러 작대기 하나씩을 주고 각자 원하는 땅을 이 작대기로 그려 오면 그 땅을 주겠다고 약속을 합니다.

한 명은 그 자리에서부터 선을 그어 해가 질 무렵 돌아와 이만큼을 달라고 했고, 한 명은 그 자리에 서서 점 하나만을 찍고 이걸 뺀 나머지 땅을 달라고 말을 합니다.

『손끝으로 원을 그려봐 네가 그릴 수 있는 한 크게 그걸 뺀만큼 널 사랑해』라는 이 시집의 제목은 어느 날 우연히 읽은 제목 모를 이솝 우화에서 영감을 받았습니다.

처음부터 고백할 용기도
처음부터 감출 탁한 마음도
이제 와 얘기하는 그 이유도 잘 모르겠습니다.

그저 다른 옷을 입은 두 번째 원태연이 그때처럼 열심히 살아나갔으면 좋겠습니다.

2021년 3월 16일
시인 원태연

차례

두 번째,
작은 느낌의
연속

세 번째,
밥 배 따로
술 배 따로

네 번째,
행복 만들기

첫 번째
The First

그래서
힘이
듭니다

누군가 다시 만나야 한다면

●

다시 누군가를 만나야 한다면
여전히 너를
다시 누군가를 사랑해야 한다면
당연히 너를
다시 누군가를 그리워해야 한다면
망설임 없이 또 너를
허나
다시 누군가와 이별해야 한다면
누군가를 떠나보내야 한다면
두 번 죽어도 너와는…

상큼할 것 같아요

●

세시에 전화하려거든
네시에 하겠다 해주세요
기다리는 설렘도 좋지만
생각 없이 받은 전화에서
당신의 음성이 들려오면
너무너무 상큼할 것 같아요

친구들과 만나려거든
내가 잘 가는 동네에서
약속하세요
한 번쯤은 우연히 만나
이건 운명이에요, 하고 억지 부려
하루 종일 쫑알거리며
내 마음 보여주고 싶어요

참 좋겠다

●

니네 부모님들은 참 좋으시겠다
늦게 들어오면 꾸중하실 수도 있고
성적표 내놓으라고 닦달하실 수 있고
니네 오빠는 참 좋으시겠다
니 방 들락날락거릴 수도 있고
니 침대에서 담배도 피울 수 있고
니 친구들은 참 좋겠다
목욕탕도 같이 갈 수 있고
놀다가 늦으면 같이 잘 수도 있고
니네 수위아저씨는 참 좋으시겠다
아침저녁
두 번은 니 얼굴 볼 수 있으니
그래도 제일 부러운 사람은
킥— 니 친구들이야

웃기지 마 안 돼

●

당장
어떻게 시간을 보내라고
못 보여준 예쁜 옷은
어쩌라고
친구들이 네 안부 물으면
모른다 그러라고
다 그렇다 치고
아무 죄도 없는 내 마음이
왜 미어져야 돼
이런 걸 감수하고도
헤어지자고

필요 없어진 준비

●

그대와 헤어지면 흘리려고
많은 눈물을 준비해두었는데…

그대와 헤어지면 위로받으려고
많은 친구를 만들어두었는데…

그대와 헤어지면 보내려고
많은 편지를 써놓았는데…

어쩌면
한 방울 눈물도 없고
만나자는 친구도 피해지고
써놓았던 편지도 찢어버리고

그야말로

아무 일도 할 수가 없어졌습니다

하고 싶지 않아졌습니다

상사병

●

처음에는 예쁘게 시작되는 병
조금 심해지면
약간씩 짜증 나는 병
거기에 더 발전하면
합병증까지 유발시키는 병
완전히 중증이 되면
속이 새까맣게 타버리는 병
그러나
안 걸리는 것보다
걸려보는 게 더 좋을지도 모르는 병
세월이
약이 되는 병

허튼 물음

●

눈물이었습니까
등을 보이려던 그때
하얀 눈을 충혈시킨 것은

아쉬움이었습니까
몇 걸음 걷다
멈칫하신 것은

알고 있습니다
다 알고 있습니다
행여라도 돌아오실 일 없으리라는 걸
다 알면서도 묻고 싶습니다
이것으로 마지막인지요
정말로
안녕인지요

태여니 고백

●

나도 참 웃기는 놈이야
사랑
이별
박사학위 받은 것처럼
글에다 다 옮겨놓고
얼굴도 모르는 사람들 마음
위로해주면서
정작 내 그리움 하나
못 달래고 있으니
내가 생각해도
난 되게 웃기는 놈이야

이유 I

●

이별한 순간부터
눈물이 많아지는 사람은
못다 한 사랑의 안타까움 때문이요
말이 많아지는 사람은
그만큼의 남은 미련 때문이요
많은 친구를 만나려 하는 사람은
정 줄 곳이 필요하기 때문이요
혼자만 있으려 하고
가슴이 아픈지조차 모르는 사람은
아직도 이별을 실감하지 못하기 때문이다

가슴이 아픈지조차 모르는 사람은
아직도 이별을
실감하지 못하기 때문이다

이유 II

●

나 밤이면 슬퍼지는 이유는
그대 밤이면 날 그리리라는 걸 알고 있기
때문이고
나 술 마시면 미어지는 이유는
그대 술 마시다 흘리고 있을 눈물이 아파
보여서이고
나 음악을 들으면 눈물 나는 이유는
그대 음악 속의 주인공으로 날 만들어 듣고
있기 때문이고
나 이런 모든 생각 떨쳐버리지 못하는 이유는
떨쳐버리고 나면 무너질
나를 위해서입니다

나쁜 엑스

●

친구 놈 여자 친구 선보러 가서
신나게 농담 따먹기 하며
죽자고 웃어대고 있었지
가수 누구는 다리가 짧다
CF 누구는 눈썹만 빼고 다 뜯었다더라
배우 누구는 얼굴이 크다
여자 친구가 이렇게 떠들자
친구도 한다는 소리가
「내가 너 같은 애 때문에
소크라테스를 존경하는 거야, 정신 좀 챙겨」
그러자 귀여운 악센트로
「나쁜 엑스, 이런 기분 처음이야
애정이 식은 거지… 흑…」
… 언제였는지

이런 날이 있었지

우린 더 예쁘게 놀았는데

나쁜 엑스

이런 기분 들게 하다니…

어디가 그렇게 좋아

●

너는 내 마음 어디가 좋아서
머물러 있는 거니
내 가슴 어느 구석이
그렇게 마음에 들어
머물다 머물다
한 부분이 되었니
너를 버리면
내 가슴 한쪽을 떼어내야 할 정도로

어디가 그렇게 좋은 거니?

인정 미워!

●

슬퍼도 울지 못하는 것은
울어버리면
너와의 이별을
인정해버리기 때문이요

기뻐도 웃지 못하는 것은
웃어버리면
너 없이도 살 수 있다는 것을
인정해버리기 때문이요

이유 없이 시야가 흐려오는 것은
인정할 것 인정하고 살아야 하는 것을
인정해버렸기 때문이야

호 해줘

●

너 옛날에

나 어디 다치면

호 해줬잖아

니가 호 해주면

다 나았다고 했었고

내 마음 지금

중환자실에 있어

의사 아저씨도 못 고치신대

아저씨가 너 부르래

니가 호 해주면 낫는 병이래

나 지금 오늘내일해

니가 빨리 와서

호 해줘

공약

●

헤어짐이 없는 나라를 만들겠다고
떠나버린 님의 마음을
그 전처럼 돌려주겠다고
가슴 아픈 이별을 했더라도
하룻밤 아파하다
거짓말처럼 잊을 수 있게 해주겠다고

이런 공약을 한다면
이별을 겪고 있는 사람들에게
몰표를 얻을 수 있을 텐데…
정치니 장난이니
투표 안 하고 만다던 나부터도
당장 그 사람 찍어줄 텐데…

무식한 놈 = 원태연

●

난 무식하다

난 너무 무식해서 아무것도 모르겠다

4·19가 광주에서 일어났는지

노동법이 민법인지 형법인지

특별법은 특별한 법인지

아무것도 모르겠다

육체적으로 피곤했던 위 세대와

정신적으로 빈곤한 우리 세대가

머리 깨지도록 서로를 헐뜯는 동안

다른 나라의 다른 민족들이

뭐라고들 비웃으며 떠드는지

난 너무 무식해서 아무것도 모르겠다

길들여지기

●

무언가에 길들여져 있다면
좀처럼 고쳐지기 어렵겠지만
그만큼의 노력을 한다면
가능한 것이나
누군가에게 길들여져 있다면
좀처럼 고쳐지기도 어렵겠지만
사랑한 만큼의 눈물을 흘린 뒤
가능하다 하여도
그땐 이미 그리움에 길들여져 있을 것이다

두 번째
The Second

작은
느낌의
연속

알려줘

●

네 사람만 건너뛰면
아는 사람이고
세 시간만 걸어다니면
아는 사람을 만나고
두 시간만 얘기하면
아는 사람이 되는
어지간히 좁은 세상에 살면서
한 시간도 마주할 수 없는
너와 나는
아는 사람이니
모르는 사람이니?

기다림

●

가장 고된 날을 기다렸다가
그대에게 전화를 걸지요
고된 날에는
망설임도 힘이 들어 쉬고 있을 테니까요

가장 우울한 날을 기다렸다가
그대에게 편지를 쓰지요
우울한 날의 그리움은
기쁜 날의 그리움보다
더욱 짙게 묻어날 테니까요

고된 일을 하고
우울한 영화를 보는 날이면
눈물보다 더 슬픈 보고픔을 달래며
그대의 회답을 기다리지요

니가 맹구냐

●

드라마는 인기 있으면
재방송 해주고
스포츠는 멋진 장면 있으면
하이라이트라고 보여주고
학교 때 별로 친하지 않았어도
동창회다 모임이다 하면서
다시 만나고
하다못해 이삼십 년 전 일도
그때를 아십니까 하고
다시 보여주는데
왜 내 사랑은 안 보여줘
우리 얘기는
왜 못 보는 거냐고

혼자이기 때문입니다 I

●

티격태격 싸울 일이 없어졌습니다
짜증을 낼 필요도 없고
만나야 될 의무감도
전화해야 하는데 하는 부담도
이 밖에도 답답함을 느끼게 하던
여러 가지 이유가 없어졌습니다
왜냐하면
이제는 혼자이기 때문입니다

다른 사람도 만나볼 겁니다
전에는 늦게 들어올 때
엄마보다 더 눈치가 보였는데
이제는 괜찮습니다
참 편해진 것 같습니다

근데… 이상한 건
시간이 너무 많이 남는다는 것입니다
아무 할 일이 없어진 그 시간에
자꾸만 생각이 난다는 것입니다
왜일까 생각해보니
이제는…
혼자이기 때문인 것 같습니다

티격태격 싸울 일이 없어졌습니다

...

이제는 혼자이기 때문입니다

혼자이기 때문입니다 II

●

심심한 저녁 시간이면
특별한 용건 없이 전화 걸어
몇 시간이고 얘기할 곳이 없어졌습니다
소개팅 같은 거 할 때면
좀 찔리면서 미안한 마음이 들었는데
그 마음을 들게 할 곳이 없어졌습니다

특별히 달라진 건 없는 것 같은데
참 많은 것이 달라져 보입니다
인기 스타보다 더 보기 힘든 사람이 생긴 것과
아파도
열이 많이 나도
나 아파하고 기댈 곳과
열 재줄 손이 없어졌고

생일이나 의미가 있는 날

선물을 고를 일도 기대할 일도 없어진 것이

또 그렇습니다

토요일 오후나 공휴일 아침이면

당연히 만나고 있어야 하는데

친구를 만나고 있거나

TV를 보고 있으면

이제는 우리가 아니란 걸 실감하게 됩니다

어떤

이름이 부르고 싶어지거나

어떤 얼굴이 보고 싶어지면

그때마다 무엇을 해야 하는지

눈앞이 깜깜해집니다

몰라잉

●

좀 멋지게 보이고 싶어 머리 길러 묶고
다녔더니
양아치 소리가 들려오지 않나
학점 좀 따보려고 며칠 도서관에서 죽
때렸더니
무슨 고민 있냐 그러질 않나
남들 다 가는 피서 가기 싫어
자전거 타고 부산 가려 하니
미친놈이라 그러고
공부 잘해 애를 가르칠 수 있나
기술이 있어 뭐가 있어
해서 노가다 며칠 하니
빈티 난다고 그러고
그렇게 여름 다 보내고 나니

벽에는 웬 핏자국이 그리도 많은지

빈혈이 생길라고 하네…

근데 더 큰 문제가 당면하드만

가을도 왔고 해서 연애를 한번 해볼까 하는데

나만 빼고 다들 사랑에

빠져 있더라고

개미와 베짱이가 지금 왜 생각나는 걸까

남들 연애하려고 노력할 때

혼자 미친 짓 하고 다니더만

나 어떡해 잉~

이루어지기 싫은 사랑

●

객관적으로 봐도 상당히 예쁘게 생긴 여인

태어나서 단 한 번의 양치질도 안 하고서

과감히 내 입에 키스를 하는 여인

매력적인 궁둥이를 흔들며 유혹하듯 쏘다니다가도

화장실 문을 열어놓고 볼일을 보는 여인

조금만 기분을 맞추어주면

발라당 뒤집어져 가슴을 드러내는 여인

TV 개그 프로보다 더 재미있는 여인

만나자고 전화할 필요도

없는 돈에 커피값 걱정하며 약속할 필요도 없는

아주아주 날 편하게 해주는 여인

아침마다 내 침대로 기어 들어와 단잠을 깨우는

그때마다 뒤통수를 내리치는데도

조금도 섭섭지 않은 눈길로 언제 그랬냐는 듯 다시 안겨오는

여인
그녀와의 사랑은
이루어질 수도 없지만
이루어지기도 싫은 까닭에
내 양말을 물어뜯거나 연습장을 찢어놓으면
그녀의 촌스러운 이름을 외치며
식탁 밑으로 숨는 그녀를 한 대 쥐어박는다
「갑순아!」

하필이면

●

수많은 지구의 생물들 중 인간으로 태어나
대한민국의 남자로
이십여 년을 그럭저럭 살아오다
모래알처럼 많은 사람들 중
하필이면 너를 만났고
하필이면 너와 헤어졌다
다른 사람을 만났더라면
그 사람을 사랑했더라면
툭툭 털고 일어나
또 그럭저럭 살아가다
혹시라도 널 만날 수 있었을 텐데
그게 가능했을지도 모르는데
하필이면 너였을까
재수가 없었다고 생각하기에는

너무나
큰일을 겪은 것 같다

별 뜻 있겠습니까…

●

별 뜻 있겠습니까
목소리 듣고 싶어 전화했는데
별 뜻 있겠습니까…
그저 얼굴이나 한번 보자는데
별 뜻 있겠습니까
오랜만에 술이나 한잔하자는데

그런데
그러고 말려 했는데
참으로 간사한 게 인간의 마음인지라
목소리 듣고
얼굴 한 번 보고
술 한잔 들어가니
별 뜻이 생기더군요

그 뜻이 커지더군요

별 뜻 있겠습니까…
못 잊겠으니 안 잊겠다는데
별 뜻 있겠습니까…
안 잊겠으니 돌아오라는데
그만 속상하게 하고
돌아오라는데…

취미

●

니가 내 취미였나 봐
너 하나 잃어버리니까
모든 일에 흥미가 없다
뭐 하나 재미난 일이 없어

행복 만들기

●

화장실에 앉아
담배에 불을 땡기고
신문을 펼쳐 드니
이 시간만은
누구도 안 부러운 거 있지
근데 이게 웬일이야
나오자마자 시작되는
이 걱정거리들은
역시 사람은
무언가에 열중해 있을 때
가장 행복하지 싶어
해서 생각한 건데
행복이란
생각하기 나름이지 싶어

습관

●

내가 자주 하는 행동을

자주 말하는 얘기를

자주 부르는 노래를

자주 마시는 음료를

자주 찾는 찻집을 기억해주기를 바랐습니다

헤어지더라도

문득문득 나를 떠올리기를 바라며

그러도록 노력했습니다

웃기는 일이 생겼습니다

그런 것 같진 않았는데

그 애도 내가 그러기를 바랐는지

내가 그러고 있습니다

어느 때 어디를 가든

문득문득 그러고 있습니다

요즘 애들 십계명

●

담배 정도는 태워야 세련돼 보이고
메이커 바지는 각각 두어 벌 가지고 있어야 하며
압구정동 어느 카페 하면
두 번 묻지 않고 찾아올 수 있고
연예인 한두 명은 친한 척할 수 있어야 하고
네 명이 만나면 적어도 한 명은
자동차 키를 테이블 위에 올려놓아야 하고
night는 한두 달 안 가면 춤이 바뀌어버려
한 달에 서너 번 정도는 가줘야 하며
유행어에 민감해야 하고
놀러 갈 때 콘도 예약 못 하면 안 가고 말며
진솔하고 지순한 사랑은
결혼한 다음에나 하는 것이고
지갑에는 천 원짜리 몇 장 달랑 있을지라도

머리 스타일이나 옷, 신발, 말투 등으로
부티를 풍길 수 있어야 할지어다

공쳤어

●
같은 말인데
골프 치고 온 아줌마와
생선 팔다 온 아줌마는
왜 표정이 틀릴까
왜 그럴까?

아웃사이더

●

머리 안에는 예쁜 말들이
많이많이 있는데
입으로 나오면
철없는 소리가 들려오네
마음속에는 착한 행동이
많이많이 있는데
행동으로 보여주려 하면
이용들을 하려 하네
옥구슬 구르는 소리처럼
맑게 살고 싶은데
그렇게 살려면
어느 대학 무슨 과를 나와야 하는지
알 수가 없네
맑은 마음을 가진 아기들

그걸 얼마 주고 어디서 샀는지
알려주려 하질 않네

조족지혈

●

컵 깨지는 소리에 놀라셨다구요

아닙니다

천둥소리가 무섭게 느껴지신다고요

아닐 겁니다

엄마 잔소리에 짜증이 나신다구요

그럴 수도 있겠죠

그럼

다른 사람이 된 연인에게

전화를 걸어보셨습니까

그 신호음을 들어보셨습니까

웬만한 소리엔

놀라거나 무섭거나 짜증 나는 일은 없을 겁니다

한번 들어보시면

그 소린

심장 찢어지는 소리라고

말들 하셨을 겁니다

비닐우산이 싫은 이유

●

시인이나 소설가
소위 글 쓰는 사람들은
비가 오면 비닐우산 얘기를 많이 하지
뭐 비닐우산을 둘이 쓰고 라든지
비닐우산 하나 없이 라든지
싫어 난
난 빵빵한 자동우산을 쓸 거야
3단으로 펴지는
멋진 자동우산
초라한 마음이면
겉이라도 뻰지르르해야지
속과 겉이 다 청승 떨면
너무 비참하잖아
난 비닐우산이 정말 싫어

때로는 그대가

불행한 운명을 타고났으면 합니다

모자랄 것 없는 그대 곁에서

너무도 작아 보이는 나이기에

때로는 우리가…

●

때로는 그대가
불행한 운명을 타고났으면 합니다
모자랄 것 없는 그대 곁에서
너무도 작아 보이는 나이기에
함부로 내 사람이 되길 원할 수 없었고
너무도 멀리 있는 느낌이 들었기에
한 걸음 다가가려 할 때
두 걸음 망설여야 했습니다

때로는 내가
그대와 동성이기를 바라곤 합니다
사랑의 시간이 지나간 후
친구도 어려운 이성보다는
가끔은 힘들겠지만

그대의 사랑 얘기 들어가며
영원히 지켜봐줄 수 있는
부담 없는 동성이기를 바라곤 합니다

때로는 우리가 원수진 인연이었으면 합니다
서로가 잘되는 꼴을 못 보고
헐뜯고 싸워가며
재수 없는 날이나 한 번 마주치는 인연이었으면
생살 찢어지는 그리움보다는
차라리 나을 것 같습니다

night에서

●

웨이터는
불알 잃어버린 놈마냥
정신없이 왔다 갔다 하고
부킹인지 나발인지
불러서 갔더니
어디에 기준을 두는지
시큰둥한 표정이고
사주 봐줄 것도 아니면서
몇 년생인지는
왜 그리 물어봐대고
뭐가 그리들 신이 나는지
팔수 끝에 대학 붙은 사람보다
더 광분을 해 방방 뛰어다니고
술인지 돈인지

한 잔 마실 때마다 부담스러워

술병들이 눈여겨지고…

하긴

술 좀 취하고 같이 광분해보니까

기분이 좀 들뜨드만

비싸고 사람이 좀 추해져서 그렇지

놀기는 좋드만

●

그리 먼 이야기도 아닌 듯한데
당신 이름 석 자 불러보면
낯설게 들립니다
그렇게 많이 불러왔던 이름인데…

그리 먼 이야기도 아닌 듯한데
당신 고운 얼굴 떠올리면
썰렁할 정도로 어색하게 느껴집니다
그렇게 많이 보아왔던 얼굴인데…

그리 먼 얘기도 아닌 듯한데
이제는 잊고 살 때가 되었나 봅니다
외로움이 넘칠 때마다 원해왔던 일인데
힘들여 잊으려 했던 때보다

더 마음이 아파옵니다

그렇게 간절히 원해왔던 일인데…

미친 그리움

●

한때
그리움에 미쳐 있을 때
잠들기 전
아침에 눈뜨게 되는 걸 두려워했었다
그 그리움
내 주량을 배로 늘려주었고
용돈의 상당량을
담뱃값으로 날리게 하였다
엉망으로 취해 잠드는 날은
전화기의 유혹을 뿌리칠 수 있었고
아침이면 심한 두통과 쓰라린 속 덕에
잠시나마 나만을 생각할 수 있었다
몸이 망가지는 소리를 들었다
몸무게를 되찾아야 했고

학점을 되찾아야 했고
생활을 되찾아야 했다
그래서 난
미쳤다고 생각할 수밖에 없는
그리움을 버렸다

뺨뺨빠 랄라

뺨뺨빠 랄라
오늘은 기분 좋은 날
뺨뺨빠 랄라
괜히 기분 좋은 날
아침부터 히죽히죽 웃고 다녔더니
엄마가 너 왜 그러니 하시길래
기습해서 가슴 한 번 만지고
당황하시는 틈을 타 뽀뽀를 해버렸지
갑순일 찾아보니 슬슬 도망다니더군
뛰어가 잡아서
공 던지듯 몇 번 던진 다음
정신 못 차리게 해서 뽀뽀를 해버렸지
뺨뺨빠 랄라
오늘은 기분 좋은 날

아침 바람이 너무나 상큼해

커피 향이 너무나 감미로워

별일 없이 기분 좋은 날

빰빰빠 랄라

빰빰빠 랄라

올 때까지 왔구나 I

●

하루에도 두세 번씩 전화하고
조금 더 있자고 졸라대고
어울리는 머리 스타일을 말해주고
친구들에게 나를 보이고 싶어 했던 네가
만나자는 내 말에
만나서 특별히 할 일도 없잖아 했을 때

올 때까지 왔구나 II

●

별 내용 없는 전화 통화 중
옆에선 아무 소리 없었는데
엄마가 전화 좀 쓰시재 내지는
누가 왔나 봐 하며
전화를 끊으려 했을 때
평범한 그 악센트가
왠지 싸늘하게 들려왔을 때

세 번째
The Third

밥 배 따로
술 배 따로

우리를 기쁘게 해주는 순간들

●

스키장이나 해수욕장 가는 도중
차 안에서 몸살 앓다가
목적지 표지판을 발견할 때
책상 정리하고 있는데
기억에도 없는 만 원짜리가
책갈피에서 떨어질 때
정말 지겨운 과목 선생님이
갑작스레 외출하여
반장이 「오늘 자습이야」 할 때
꼭 보고 싶은 프로를 못 봤는데
흥미 없는 스포츠 중계 시간에
우천 관계로 그 프로를 재방송해줄 때
학교에서 삼천 원 내라는 영수증 받아
앞에 '2' 자를 그려 넣고

조마조마한 마음으로 엄마에게 보여드렸는데
아무 의심 없이 그 돈을 주셨을 때
친구가 자기 여자 선 좀 봐달래서 나갔는데
여자 친구의 친구도 내 친구를 보러 나와
재미있게 놀다 들어왔을 때
약속 장소에 삼사십 분 정도 늦게 나가
죽었구나 했는데
약속한 아이가 나보다 이삼 분 늦게 나와
미안해죽겠다는 표정으로 저녁을 사줄 때
택시비가 삼천 원이 나와 오천 원을 드리고
거스름돈을 받았는데 집에 와서 보니
칠천 원이었을 때
주점에서 술 마시고 있는데
옆 사람들과 죽이 맞아 합석해서

부어라 마셔라 하며 노래 부르고
그 사람들이 이차 가자며 우리 술값까지
계산해주었을 때
이삼만 원 정도를 어디다 썼는지
도무지 생각이 안 나는데
며칠 후 친구가 잘 썼다며 갚아주었을 때
누군가 나도 모르고 있던 점을
넌 이런 점이 좋아 해줬을 때

우리를 슬프게 하는 순간들

●

태여니 머리에
쥐가 나는 관계로
더 이상 쓰기가
불가능하오니
우리를 기쁘게 하는 순간들을
다시 한번 읽으시며
반대의 순간을
연상시켜주십시오
대단히 죄송합니다

복구공사

●

추억 공사 중

사랑통행에 불편을 드려

대단히 죄송합니다

현재 미련 구간 복구공사로 인해

사랑통행이 금지되오니

다른 사랑을 이용하시거나

부득이한 분은

공사가 끝날 때까지

기다려주시면 감사하겠습니다

복구가 끝난다 해도

예전 같은 행동은 어려울 것 같으니

이 점 착오 없으시길 바랍니다

알라딘 램프

●

어찌어찌해서
알라딘 램프 또는
소원을 한 가지 들어주는 그 무엇을
손에 넣는다면
무슨 소원을 말해볼까

어느 왕국의 왕이 돼서
반라의 미녀들을 옆에 끼고
금 술잔에 포도주를 마시며
간신들의 아부를 즐겨볼까
아니야
머리가 기똥차게 좋아서
대학 재학 중
사시 행시 다 통과해서

금테 안경 만지작거리며

정계로 진출해볼까

그것도 아니면

사업 수완이 뛰어나서

서른 전에 우리나라 십대 재벌에 끼고

멋진 회의실에서

중역들에게 호통을 쳐볼까

생각만 해도 입이 귀밑까지 찢어지네

가만있어봐

TV나 영화 보면

그런 사람들은 대개

사랑하는 사람이 없거나 죽거나 하지

칫! 그럼 다 무슨 소용이야

그래!

나중에 소원 하나 더 들어달라고 꼬셔보고
첫 번째 소원은
눈이 오나 비가 오나 나를 사랑하고
나도 사랑하는 사람을 만들어달라고 해야지
그게 낫겠지

유비무환

●

사랑하는 사람의 얼굴을
너무 자주 보지 마세요
사랑이 끝난 후
거리에서 마주쳤을 때
무심히 지나칠 수 있도록

사랑하는 사람의 마음을
너무 많이 가지지 마세요
사랑이 끝난 후
그 마음 가져가려 할 때
큰 상처 없이 돌려줄 수 있도록

사랑하는 사람에게
너무 깊이 빠지지 마세요

사랑이 끝난 후

그 아름다운 기억이

한 방울 눈물로 기억되지 않도록

예감한 이별

●

이별을 예감하는 일이란
피멍 든 가슴에
비수가 꽂히는 아픔보다
통증이 심한 것
눈앞에 두고도
싸늘히 이별을 느낄 때가
이별 후의 시간보다
더 힘들 수도 있는 것

이별을 예감하는 일이란

...

이별 후의 시간보다

더 힘들 수도 있는 것

두 가지 이별

●

서로 간에 어느 정도 애정이 있었던 이별은
떠오르는 지난날들이
뭉클하게 기억되는 것이고

일방적인 애정으로 추억조차 가슴 아픈 이별은
문득 기억난 그날이
눈물로만 기억되는 것이다

글자 하나 안 틀리는
똑같은 단어
똑같은 '이별'일지라도

경험담 I

●

혼자만 사랑하다
둘이서 사랑하게 되면
외로웠던 시간들이
남 일인 듯 느껴지고
둘이서 사랑하다
혼자만 사랑하게 되면
행복했던 시간들이
꿈인 듯 생소해진다

경험담 II

●

술 한 번 잘못 마시면
다음 날 고생하고
용돈 한 번 잘못 쓰면
한 달간 고생하고
학력고사 한 번 잘못 보면
일 년간 고생하고
사랑 한 번 잘못 하면
평생을 고생한다

그때까지만

●

어둡지도 밝지도 않은 시간
휘어진 겨울가지 위
바람에 흔들리는 마른 잎이
나보다 더 쓸쓸해 보일 때
눈물이 나와야 하는 영화 속
비련의 여주인공이 추억을 더듬으며
비에 젖어 거니는 모습이
나보다 더 외로워 보일 때
밤새워 노름하다
다 털린 주머니에 손을 찌르며
허탈히 담배를 입에 무는 노름꾼이
나보다 더 초췌해 보일 때
그때까지만 그리워하리
그때까지만 잊지 않으리

정의

●

알고 있는 이는
알고만 있으려 하고
믿으려 하는 이는
믿으려 하는 것에 만족하고
행하는 이는
가난해야 하는
이 시대의 정의는
취중

시인의 눈물

●

시인이 되는 시간이 있습니다
정해놓은 시간은 아니고
술이 달거나
음악이 귀에 들어오거나
쓸데없이 뭉클해지거나 하면
시인이 되는 것 같습니다
그 시간에는
한숨과 체념이
연과 행으로 나누어져
시가 되어버립니다
읽다 보면
한참을 읽다 보면
어느새 시는
먼 얘기 하나를 떠올리게 합니다

시인이 되는 시간이 있습니다
그 시간에 주인을 잘못 만난 마음은
병원에라도 데려다주고 싶을 정도로
무지 아파하고 있습니다

슬픈 대답 I

●

언제고 찾아와서
어떻게 지내냐 물으면
그냥 하는 일 없이 바쁘게 지낸다고

언제고 찾아와서
어려운 일은 없냐 물으면
그냥 그렇게 만족하며 살아간다고

언제고 찾아와서
요즘도 그리움에 힘들어하냐 물으면
그냥 기다려보기는 했었다고

언제고 찾아와서
잘 살고 있으니 마음 편하다며
돌아서 가는 뒷모습을 보이면
그 옛날 그 기억이 스쳐가
이제껏 참아왔던 눈물

기어이 터트리며

지금이라도 돌아올 수는 없는 거냐고…

슬픈 대답 II

●

혹 누군가
너무 심한 감정의 낭비가 아니냐
물어오면
이만큼도 절제하고 있는 중이라고
혹 누군가
이제 그만할 때도 됐지 않냐
물어오면
정해놓고 그리워하고
정해놓고 기다리는 거냐고
혹 누군가
보고 있기 안타깝다는 소리 들려오지 않냐
물어오면
그 소리가 듣기 싫어
환한 미소로 대신하고 있다고

혹 누군가

그 사람이 다른 사랑에 빠져 있으면 어쩔 거냐

물어오면

아무 말 못 하고

마음속으로만

그럴 리 없을 거라고

시는

●

시는 시인의 눈물이다
시인의 아픔이다

시는
여러 가슴들을 달래준다
외로울 땐 친구가 되어준다
시인의 눈물로
여러 사람이 위로를 받는다

그럼
시인의 눈물은 누가 닦아줄 것인가
시인의 아픔은
누가 달래줄 것인가

원수?

●

채권자와 채무자보다

학교 땡깐 학생과

잡으러 다니는 학생부 선생님보다

기안 잘못 올린 회사원과

그 기안 때문에 부장에게 욕먹고

잔뜩 열받은 과장보다

더 만나기 꺼려지고

맞닥뜨렸을 때 심장 뛰는 사람들은

사랑하다 헤어진

옛 연인일 것입니다

미안해요 하느님

●

난 선한 일을 많이 하여
하느님의 신뢰를 받아
그 능력을 조금이라도 부여받는다면
가진 것 없는 이들에게 넉넉한 마음을
외로운 이들에게 참다운 벗을
거짓인생 사는 이들에게 진실을
투기와 욕심이 가득한 이들에겐
사랑을 선물하리라
그러나
현실로 내게 그 힘이 주어진다면
모든 일을 뒤로하고
네가 나만을 생각하게 만들리라
그런 후 신의 노여움을 사
걷지도, 보지도, 듣지도, 말하지도

생각하지도 못하게 될지라도

네가 나만을 생각하며

영원히 머물러만 준다면

웃으며 그렇게 하리라

이런 젠장

●

생각이 날 때마다
술을 마셨더니
이제는
술만 마시면
생각이 나네

다 잊고 사는데도

●

다 잊고 산다
그러려고 노력하며 산다
그런데
아주 가끔씩
가슴이 저려올 때가 있다
그 무언가
잊은 줄 알고 있던 기억을
간간이 건드리면
멍하니
눈물이 흐를 때가 있다
그 무엇이 너라고는 하지 않는다
다만
못다 한 내 사랑이라고는 한다

가지 말라 하셔도

●

가라 하시면
가야 하지요
마음 밖으로 멀리멀리
아주 가라 하시면
돌아보지 말고
가야 하지요

가지 말라 하셔도
가야 하지요
연인만으로 사랑하기엔
구속이 너무 심한 걸
힘들어하는 걸 보면서까지
남아 있을 자신도 없는 걸

가라 하셔도 가슴 아픈데

가지 말라 하시면

못내 눈물 보이고 말지요

사랑하고 계셨구나 알 수 있지요

그 한마디로도

오랜 세월 그리워해도 될

이유가 되지요

착한 헤어짐

●

떠나갈 사람은
남아 있는 사람을 위해
모진 척 싸늘하게

남아 있을 사람은
떠나간 사람을 위해
아무렇지 않은 듯 덤덤하게

아니라고
죽어도 아니라고
목구멍까지 치미는 말
억지로 삼켜가며
헤어지는 자리에서는
슬프도록 평범하게

술버릇

●

술 마시면 어김없이
그대를 생각합니다
한잔 한잔 보태갈수록
더 진하게 떠오릅니다

술 취하면 어김없이
그대에게 전화를 겁니다
일곱 자리 누르는데
칠십 번도 더 주저하다
그런 내가 초라해 보여
그냥 내려놓습니다

술이 깨면 어김없이
어제 일을 후회합니다

쓰라린 속 냉수로 씻어내며
그저 한편에 자리했던 것만으로
행복할 수 있었던
그날을 떠올려봅니다

우리 일

●

내가 입 다물면
너 혼자만 알고 있는 일
네가 입 다물면
나 혼자만 알고 있는 일
둘 다 모른 체하면
없었던 일이 되어버리는 일
둘 중 하나가 잊고 살면
나머지 하나의 가슴에 피멍이 드는 일
둘 다 기억하고 살면
가슴 한쪽 떼어놓고 사는 일
둘 다 잊고 살면
아무렇지 않게 사는 일
정말로 없었던 일이 되는 우리 일
우리란 말이 어색해지는 우리 일

서글픈 요령

●

내가 알 수 없는 것이라면
굳이 알려 하지 않겠습니다
알고 싶지 않아서가 아니라
모르는 쪽이 덜 힘들 테니까

내가 들어갈 수 없는 마음이라면
굳이 다가가려 하지 않겠습니다
다가가고 싶지 않아서가 아니라
뒷걸음치는 걸 보고 있기 힘들 테니까

내가 잊을 수 없는 거라면
굳이 잊으려 하지 않겠습니다
잊으려 힘들어하는 것보다
기다려보기라도 하는 것이
쉬운 일일 테니까

애원

●

그대
그 어느 하루쯤은
나를 위해 돌아서서
그립노라 말해주오
가슴 치며 울어주길 바라진 않는다오
보고파서 목메이길 바라진 않는다오
그대 많은 날들 중
크게 필요치 않은 이삼일 정도만
한가로이 시간 내서
내가 그립노라 말해주오
나만큼이나
내가 그립노라
말을 해주오

우울해지는 이유

●

잊으려는 고통보다
잊혀지는 슬픔이
더 크기 때문에

이런 날 만나게 해주십시오

●

이런 날 우연이 필요합니다
그 애가 많이 힘들어하는 날
만나게 하시어
그 고통 덜어줄 수 있게
이미 내게는 그런 힘이 없을지라도
날 보고 당황하는 순간만이라도
그 고통 내 것이 되게 해주십시오

이런 날 우연이 필요합니다
내게 기쁨이 넘치는 날
만나게 하시어
그 기쁨 다는 줄 수 없을지라도
밝게 웃는 표정 보여줘
잠시라도 내 기쁨

그 애의 것이 되게 해주십시오

그러고도 혹시 우연이 남는다면
무척이나 그리운 날
둘 중 하나는 걷고 하나는 차에 타게 하시어
스쳐 지나가듯
잠시라도 마주치게 해주십시오

혹시 우연이 남는다면

무척이나 그리운 날

…

잠시라도 마주치게 해주십시오

내 얼굴

●

그리려 하면
그릴 수도 있는데
다시 지우기 마음 아파
차라리 안 그리는 얼굴
그저 떠올려지는 걸로 만족해야 하는
함께했던 기억으로만 위로받아야 하는
그 얼굴이 하도 보고파
망설이다 망설이다 찾아가보지만
눈앞에 두고도 뒤돌아서야 하는
내가 봐도 너무 슬픈
내 얼굴

우리 사랑아

●

세민아 세민아
너의 몸을 씻고 있는
엄마의 마음에서
사랑이 내리는 게 보이니
널 감싸고 있는
이 수건까지 사랑스런
엄마의 마음이 느껴지니

세민아 세민아
널 만지고 있는
아빠의 마음에서
행복이 넘치는 게 보이니
뽀송뽀송 하얀 얼굴 보면
출근도 하기 싫어지는

아빠의 마음이 느껴지니

내 사랑아

우리 행복아

* 어렵게 출산하신 오경록 선배님과 윤미경 선배님께 이 시를 바칩니다.

자랑

●

우리 아버지를
좀 알려주고 싶은데
착하게 살아오셨다고
정직하게 살아오셨다고
존경받으실 만하다고
이런 걸 좀 나타내고 싶은데
미약한 필력으로
행여 욕되게 할지 몰라
그저 존경한다고
엄마를 좀 고생시키신 것만 빼고는
모두가
자랑스럽다고

요즘 우리는

●

이별하려고
사랑을 하고 있다

웃겨

●

이제까지의 만남은
이별을 위함이었던가
이별 한 번 하려고
그 아름다운 추억을 만들었던가
하나하나 우리를 잊어갈 때
추억마저 거짓으로 느껴질 때
기껏 이별 한 번 하려고
그 많은 시간을 보냈다 생각하니
그리움에 눈물 참다가도
힘없이 웃어버리고 만다

네 번째

The Fourth

행복
만들기

욕심 I

●

비 맞고 네가 걷고 있으면
우산이 되어줄게
옷이 젖어 떨고 있으면
따뜻한 커피가 되어줄게
커피 마시다 허전해지면
분위기 있는 음악이 되어줄게
음악 듣다 뭉클해지면
눈물이 되어줄게
울다가 누군가 그리워지면
전화가 되어줄게
그 대신 있잖아
꼭
우리 집에 걸어야 돼

욕심 II

●

단 한 번만이라도 듣고 싶다고
당신 입에서 나온 내 이름을
단 한 번이라도 보고 싶다고
당신 눈에 비친 내 얼굴을
날 잊을 수 없을 것 같다고
잊지 않겠다고
그냥 해본 소리라도 좋으니
단 한 번이라도
듣기를 원하고 있다고…

미련한 미련

●

만나면서도
잊혀지는 사람들이 허다한데
하필 우리는
헤어지고 생각나는 사람들일까요
남들은 쉽게 잊고들 사는데
뭐 그리 사랑이 깊었다고
갈수록 진하게 떠오르는
연인 아닌 연인이 되는 것일까요
쉽게 잊고들 사는
무던한 가슴들이
한없이 부럽습니다

만나면서도

잊혀지는 사람들이 허다한데

하필 우리는

헤어지고 생각나는 사람들일까요

홍순웅+원중연=홍지연

●

지연이보다

무엇이 더 예쁠까

무엇이 더 맑을까

무엇이 더 사랑스러울까

아무리 생각해도

답이 없어

아무리 봐도 사랑스럽고

어디를 봐도 예쁜

우리 지연이

* 지연이에게 피를 나누어 주신
이재호 강호성 조명연 김형돈 이정아 님께
내 피를 다 주어도 모자랄 고마움을 전합니다.

원망

●

제 사랑은 귀머거리였고
저는 장님이었습니다
아무리 애원해도 듣지 못하는
죽어도 보고픈데 볼 수 없는
그런 인연이었습니다
차라리
가난하게 하시어
함께 구걸을 하게 하셨으면
도벽이 있게 하시어
제 사랑이 절 변호하게 하셨으면
아니면 무생물로 하시어
제 사랑의 작은 액세서리라도 되게 하셨으면
이 고통스러운 그리움은 없었을 텐데
왜 모든 풍요를 주시면서

하필 이런 고통을 주셨나이까

제 전생에 무슨 죄를 그다지 많이 지었길래
사랑하는 이를 못 보고 사는
그런 업을 주셨나이까

다짐

●

유리조각 박힌 듯
아려오는 가슴 안고
쓸쓸한 눈동자로 바라본
오월의 하늘 아저씨는
눈물만 흘리기에는
너무 맑으시다
해서 아저씨만큼 맑은 마음으로
내일 다시 인사드리리라고 다짐했다

괜찮습니다

●

내일의 슬픔이 약속되어 있다 해도
괜찮습니다
그만큼의 기쁨이 저축되어 있으니까요
모레의 아픔이 기다린다 해도
문제없습니다
마음속 사랑을 담보로
모자라는 그리움을 융자받을 수 있으니까요
평생을 그렇게 살아가겠다는 소리는 아닙니다
그대 향한 제 사랑의 신용이
바닥을 드러내
더 이상의 융자가 불가능해지고
찌꺼기처럼 남아 있는 순간의 기억마저도
차압당하게 되면
그땐 어쩔 수가 없이 부도를 막으러 뛰어

다니겠지요

그러다 보면

다시 일어설 날이 있겠지요

어쩌겠습니까

세상살이

원래가 이런 이치인 걸

괜찮습니다

정말로… 괜찮습니다

인영의 일기

●

아침에도 점심에도 저녁에도
아버진 누워 계신다
엄청난 일을 해내신 걸
당신 스스로 인정하셨는지
그만큼의 휴식을 취하고 계시는 것 같다
당신이 쌓아 올리신 모든 것을
내가 지키고 있으리라 믿고 계시는 것일까
그것을 지켜보려 하면
너무나 작아지는 나를 느낄 뿐인데
알고 계셔요
제 모든 가능성과 당신을
일말의 망설임 없이 바꿀 수 있다는 걸
당신이 곧 제 모두인 걸
참 많은 것을 받아왔지만

한 가지만 더 들어주셔야겠습니다

지금 일어나셔서

저를 꾸중해주세요

너무나 당신께

혼이 나고 싶어요

* 이 시를 잠시 휴식을 취하고 계시는
친구 주인영의 아버님께 바칩니다.

쳇바퀴 사랑

●

어색한 대화 속에 자연스레 말 놓게 되고
어느덧 마음 한구석을 차지하게 되고
그러다 장난치고, 투정 부리고, 짜증 내고
그렇게 정들다 사랑이 되고
사랑에 채 익숙해지기도 전에 이별이 다가오고
어느새 눈물이 되고 아픔이 되고
영원한 슬픔일 것 같다가도 추억이 되고
추억조차 희미해질 무렵
다른 만남이 다가오고
어색한 대화 속에 자연스레 말 놓게 되고

이러한 공존 속에
우리의 시간은 흐르게 되고…

너의 작은 두 손에

...

내 마음 전해줄 수 있는

꽃 한 송이 안겨줄 수 있다면

얼마나 좋을까

●

너의 작은 두 손에
붉은 장미가 아니더라도
하얀 안개가 아니더라도
내 마음 전해줄 수 있는
꽃 한 송이 안겨줄 수 있다면
너의 맑은 두 눈에
그리움이 아니더라도
보고픔이 아니더라도
내가 알아볼 수 있는
어떤 느낌이 비추어진다면
어느 한 사람이 내 생각으로 마음고생을 한다면
목메이도록 나를 그리워해
전화벨 소리에도
가슴이 내려앉는다면

많이 미안하겠지만
그러고 산다는 걸
내가 알게 한다면
그리고 그 사람이
바로 너였으면

손끝으로 원을 그려봐

네가 그릴 수 있는 한 크게

그걸 뺀 만큼

널 사랑해

손끝으로 원을 그려봐
네가 그릴 수 있는 한 크게
그걸 뺀 만큼 널 사랑해

© 원태연, 2021

초판 1쇄 발행일   2021년 3월 31일
초판 3쇄 발행일   2022년 12월 1일

지은이   원태연
펴낸이   정은영
편집   이현진
마케팅   최금순 오세미 공태희
제작   홍동근

펴낸곳   자음과모음
출판등록   2001년 11월 28일 제2001-000259호
주소   10881 경기도 파주시 회동길 325-20
전화   편집부 (02)324-2347, 경영지원부 (02)325-6047
팩스   편집부 (02)324-2348, 경영지원부 (02)2648-1311
이메일   munhak@jamobook.com

ISBN 978-89-544-4687-7 (03810)